JN152301

# うつし世をともに在りたるもろもろへ

髙橋淑子 書歌集

# 目次

うつし世をともに在りたるもろもろへ

# 光

hikari

あらたしきけふのひと日を重ねつゝ
命たのみて歩みゆくなり

朝、目覚めたその日が「私」のはじまりの日。

　どんなに齢を重ねても、心はつねに未知のものへ向かい自由に自在に変化してゆく、そうありたいと願う。

あゝたしかに
けふのひと日を
重ねつゝ
命たのみて
歩みゆくなり

きさらぎの雨にそぼちて桜木の
花芽のあまた　くれなゐに見ゆ

十二階の私の部屋のベランダからは、さまざまな木々が見渡せる。

木々の様子は日々異なるし、一日の中でも時間によってその表情は違う。

風を感じながら木々たちと対話する、そんな愉しみのために私は日に何度もベランダに出る。

きさらぎの
雨にそぼちて　桜木の
花芽のあまた
くれなゐに見ゆ

何か楽しきことあらむ子ども等の
唄ひて橋を渡りゆくなり

数年前まで自宅で小さな書道教室を開いていて、週に二日二十人ほどの子どもたちを教えていた。

子どもというのは全く邪念のない良い字を書く。私はそれぞれの子どもの中に『神』の宿りを感じていた。子どもたちは自分の字を見ていつも「下手だなあ」と言っていたけれど、そこにはもう私には書くことのできない純粋で素朴な心の表れがあった。

私は「書」を教えていながら、子どもたちの自由な字を羨ましく思っていたのです。

何か楽しきこと
あるらし
子ども等の
唄ひて橋を
渡り行くなり

若き葉の満つる梢に風わたり
幼きうぐひす鳴きはじめたり

毎年四月の半ばくらいになると、家の近くでうぐいすが鳴きはじめる。

人の掌にのるほど小さなからだなのに、鳴き声は遠くまで響きわたる。

幼い鳴きはじめのころは「ホーホケキョ」がうまく言い出せないことも多くて、途中で突っかかって妙な鳴き方になったりする。それがあんまりかわいいものだから、私は日がな一日その声を聴いていることもある。

若き葉の
透く梢に
風わたり
幼きうぐいす
鳴きはじめたり

このやうに雨ふりつゞく日ゝもよし
卯の花くたしの雨ながめをり

長雨のつづいた季節に帰省して驚いたことがあった。

　山あいの村であるにもかかわらず、水底のような感があったのだ。山の木という木が、これ以上吸えないというほどの水を吸っていたからかしら？

　雨の日には、そこらじゅうのものが水をたくわえる。私のからだも小さな湖と化す。

かやうに
雨ふりつゞく日ゝは
じ
卯の花くたしの
雨ながめをり

薄ごろもまとふごときに六月の
霧の山路は水の音する

私の小さかったころの話。

　祖父は季節が変わる折ごとに、床の間の掛軸を早々と次の季節のものに掛け替えていた。私はそれを、祖父は気の早い人だと思って見ていた。

　掛軸の意味を私が知ったのは大人になってからのこと。祖父がせっかちだったわけではなかったのだ。

　春がおわりに近づくころには初夏の山水画が掛けられていた。その絵の遠くには山、なかほどには青葉の木々、その下には川が流れていて、いかにも涼しげだった。絵を見るたびに水の流れる音が聞こえてきた。

　初夏になると、今でもその掛軸のことを思い出す。

薄ごろも
すゞしさに
六月の
霧の山路は
水の音する

たましひの酔ひてゐたるよ　梔子の
あまやかな香に包まるゝ夜

香りの記憶というのは不思議。幼いころかいだ香りを時がたっても頭のどこかで覚えている。

私が今育てている花木も、子どものころ好きだった香りのものが多い。とくに大好きな梔子の花が咲くと、私はもう昆虫になったような気分。

たましひの
酔ひしれたるよ
梔子のあまやかな香に
包まるる夜

のちの世もひかりの中にありぬべし
夏椿そは落花惜しまず

いちにんの己（おのれ）斬るべし夏椿

淑子

十数年前、居合術をやっていた母方の伯父が癌で床に臥したとき、お見舞の葉書に添え書きした句。

すでに死が間近に迫っていた伯父には失礼な句だと思われたかもしれない…。私は送ったことを後悔していた。でも伯父は、ほどなくユーモアに溢れた返しの句を、お礼の手紙とともに送ってくれた。

夏椿は無常を連想させる花だといわれるが、私はあの白い花に凛とした生の矜りを感じる。

のこの春い
ひかりの中に
ありめぐし
夏椿には
落花惜しまず

夏の朝此岸の水のうれしきは
濃きむらさきのあさがほの花

朝顔を育てている。

何年も育ててきたので、朝顔が何事もなく咲いてくれないと私の夏は来ないことになってしまった。

花が枯れたあとに種を取り、その種を蒔くからだろう、毎年同じ花が咲く。

それはもう私の分身となってしまったようだ。いや、私の方が分身となったように感じることもある。

夏の朝

此岸の水の

うれしさは

濃きむらさきの

あさがほの花

炎天の地上はふかきしゞまにあらむ
蟬しぐれなる音のありても

炎天。

私はその下を歩いていた。ものすごく暑い。まわりの風景は真っ白に光って眩しくてしかたない。ふと立ち止まったそのとき、それまで聞こえていたたくさんの蟬の声がぴたりと止んだ。次の瞬間、私は現実にはありえない静けさの中にいた。

並外れた力を持つものを前にしたとき、私は深い静けさや氷のようなつめたさなどを感じてしまう。

炎天の地上に
ふかぶかしずかに
あるらむ
蟬しぐれなる
音のあふれし

三つ編みの少女とわれのゆき逢へる
金木犀の香の満つる路地

金木犀の香り。

大好きな香りなのに、その中にいると私は切なく懐かしく哀しい気持ちになる。子どものころの自分に、後ろからポンと肩をたたかれ声をかけられるような気がするから…。切なさのあまりそこから逃げ出したいという気持ちと、懐かしいからそのままそこにいたいという気持ちが混ざり合った不思議な感じ。

去っていった時間をこめた香りがあるとすれば、それは私にとって金木犀の香り。

三つ編みの少女と
われのゆき逢て
金木犀の香の
満つ路

金色のえのころ草を摘みてこむ
猫の背の毛もそよぐ午後なり

秋の陽は澄んだ小さな粒となっていろいろなところに宿る。

野の草についた粒たちはとりわけ美しい。風が吹いて揺れるたびにきらきら光る。少し淋しくて懐かしい秋の光…。

そよぐ午後なら
猫の背の毛に
揺らしてこじ
えのころ草を
金色の

秋の気をひた吸ひこめば透きとほり
見えざるものになる心地する

やがて自分のからだが透き通って見えなくなると、いつもは見えないものたちが見えてくる。

見えない仲間たちは、ほんとうはたくさんいるんです。あそこにも、ここにも。そしていろんなイタズラをしているんです。

秋の気を
ひた吸ひこめば
透きとほり
見えざるものになる
心地する

寂ゝとうつろひてゆくことわりの
うるはしきかな秋の天精

夏から秋、そして晩秋へと季節がうつろってゆくとき、「静かな気」が自分の方へ近づいてきてくれるようでうれしい。

秋の透き通った光が射してくる晴れた日などはとくに、このような美しい一日が一秒でもながく続きますようにと私は願ってしまう。

寂こと
うつろひてゆし
ことわりの
うるはしきかな

秋の天精

これもまた秋の午後なり心病む
われを見つむるわれのゐること

ここ数年、心の病で辛い日々を
過ごしている。
感覚を鋭く保つのは歌を詠むに
は必要なことだけれど、あまりに
鋭敏になり過ぎると生きるのが苦
しくなる。

これもまた
秋の午後なり
心病むわれを
見てゆく
われのあること

散ることのしきり〳〵にもみぢ葉の
けふのあはれを陽は照らしゐる

散ってゆく。散ってゆく。
ああ、私のからだが散ってゆく。
私が生まれて一生を過ごした木の
枝はどの枝だったの？
そこにはもうもどれないのね…。

散ることの
しきりに
もみぢ葉の
はなのあはれと
陽は照る

通り雨の音かときけば一心に
風にてふりくるけやきの落葉

私は木の中で欅がいちばん好きだ。
初夏の風にさわさわと揺れるた
くさんの葉をつけた欅は凛々しく
ていい。でももっとひかれるのは、
葉を落としてしまって冬の夕空を
背にただ立っている欅の姿。

通り雨の声かときけば
一気に風にそよぐ
けやきの若葉

冬の陽の長く入りくる縁側に
子は眠りをり猫を抱きて

田舎に帰ると飼い猫の三太が迎えてくれる。

三太は家の内でも外でも勝手気ままだ。私にはその自由さが羨ましい。冬の日中はいつも暖かい日だまりで寝ている。それが彼の仕事。

だが、ときどき幼い息子が尾っぽを引っぱったりして三太の嫌がることをするものだから、息子が近づいてくると三太はすぐにどこかへいってしまう。

ところが意外や意外、そんな二匹なのに仲よく昼寝しているときがある。

冬の陽の
長く入りくる
縁側に

子は
眠りをり
猫を
抱きて

# 恋

koi

わが恋は水脈にまかせてゆく小舟
雪のあしたのひかりまとひて

それはそれは昔のお話。

「そう、あれは雪の朝のことでしたね。あの日からずっと私はあなたのことを忘れられずにいるのです…」

『源氏物語〈宇治十帖〉』、浮舟の魂は今でも匂の宮のことを想い続けている気がします。

わが恋は
水脈にまかせて
ゆく小舟
雪のあしたの
ひかり
まとひて

やはらかき芽吹きのうへにふる雨の
匂ふごとしも　ひそやかなれば

　朝、まどろみの中でふと雨音を聴いた。

　目を覚ましてカーテンを開けると、やっぱり雨。

　春の雨。窓の向こうに見えるヒメシャラの木の芽吹きが少しずつはじまったのも雨のおかげかしら。私はこんな雨が好き。

やはらかき
芽吹きのうへに
ふる雨の
自づとし
ひそやかなれば

こんもりと繁る葉陰にちらりほらり
紅き椿の顔の見えたり

紅い椿の花に心惹かれる。

まだ蕾がちの花を一輪、花生けに挿す。すると不思議、部屋の空気がきゅっと引き締まる。

こんもりと繁く
葉陰に
そろりほころり
紅き椿の
顔の見えたり

あの世までこの世のつゞきのありさうな
春の宵なり　散るさくら花

惜しむことなくはらはらと散るさくら。

それらはこの世とあの世の境をあいまいにしてしまうよう…。

たくさんの花びらが私の上にふりそそぐ。そこに佇めば逝ってしまったあの人に逢えるような気がする。

あの世まで
この世のつゞきの
ありさうな
春の宵なり
散るさくら花

心もてつながるまゝに君とゆく
この世は果てまで春の夜なれば

私たちは花見に出かけた。
篝火に照らし出された満開の桜は、湖面にも映りかぎりなく拡がっている。

現実の桜と水面に映る桜、そのふたつの桜がひとつになると、私たちの知らない艶(あで)やかな桜が姿をあらわす。それは揺れる炎の影の向こう、手を伸ばせばとどくところにあるように見える。折しも、花びらがひとひら…、なにかを囁くように舞いおりてきた。

私はあなたの腕にそっとふれる。

心もて
ながらまに
君とゆし
この世は果てまで
春の夜なれば

忘るまじ　右手には富士その下に
桜の森の見えてゐたるを

あなたは誰よりもひた向きにそして前向きに生きる人だった。

逢うたびに理想の人生について熱っぽく語ってくれたわ。でもね、そのとき、私があなたから聞きたかったのはそんなことではなかった。だから私はあなたから去っていったの。

でもあとになって気づくのは、いつだって私の思慮の足りなさのせい。あなたが語るどんな言葉にも私への愛情があったのだと。

そんなとき聞かされた、突然のあなたの死。

毎夜、同じ夢を見るの。あなたの部屋から見えていた春の景色、そして…。

忘れまじ
なつには富士
その下に
桜の森の
見えて
みすうと

恋の果てあると知るらむあぢさゐの
いのち静かにぬらして咲けり

大好きなショパンの夜想曲。

ピアノは静かに私に語りかけてきます。「少しだけ泣かせてください。少しだけ…、この曲がおわるまでのあいだ…。恋にはかならず別れがきます。そう…私の恋もおわってしまいました。時は流れてゆくもの、止めることはできません。それはわかっているの。でも…」

恋の果て
あまた知るとも
あぢさゐのいのち
静かにめぐりて
咲けり

約束を思い出してね　光る貝を
カンバスの中に描いておくから

四年前の二〇一一年三月十一日、あの大震災のことを思うと今でも怖ろしくて心が乱れる。私の病はあのときから急激に悪くなっていった。何もできない日々が続いた。

二年がたち、はじめて震災の歌を詠んだ。なぜか恋の歌。私の唯一の口語短歌。

約束を
思い出してね

光る貝を
カンバスの中に
描いておくから

yoshiko. T

ミルクティーに指のふるへが伝はりて
泣くほどのことではないのだけれど

大したことでもないのに、泣いてはいけないと思えば思うほど涙が出てきてどうしようもないときがある。

　好きな人を前に自分の思いがうまく伝わらなかったとき、さざいな事に対して弁解したくても言い訳がましくなってそれができないときなど。

　胸の奥からこみ上げてくるものがあって、こともあろうに目から一滴こぼれてしまう。（ああダメだ、止まれ！）念じれば念じるほどポトポトとこぼれ落ちてくる。そうなったらもうどうしていいかわからなくなる。

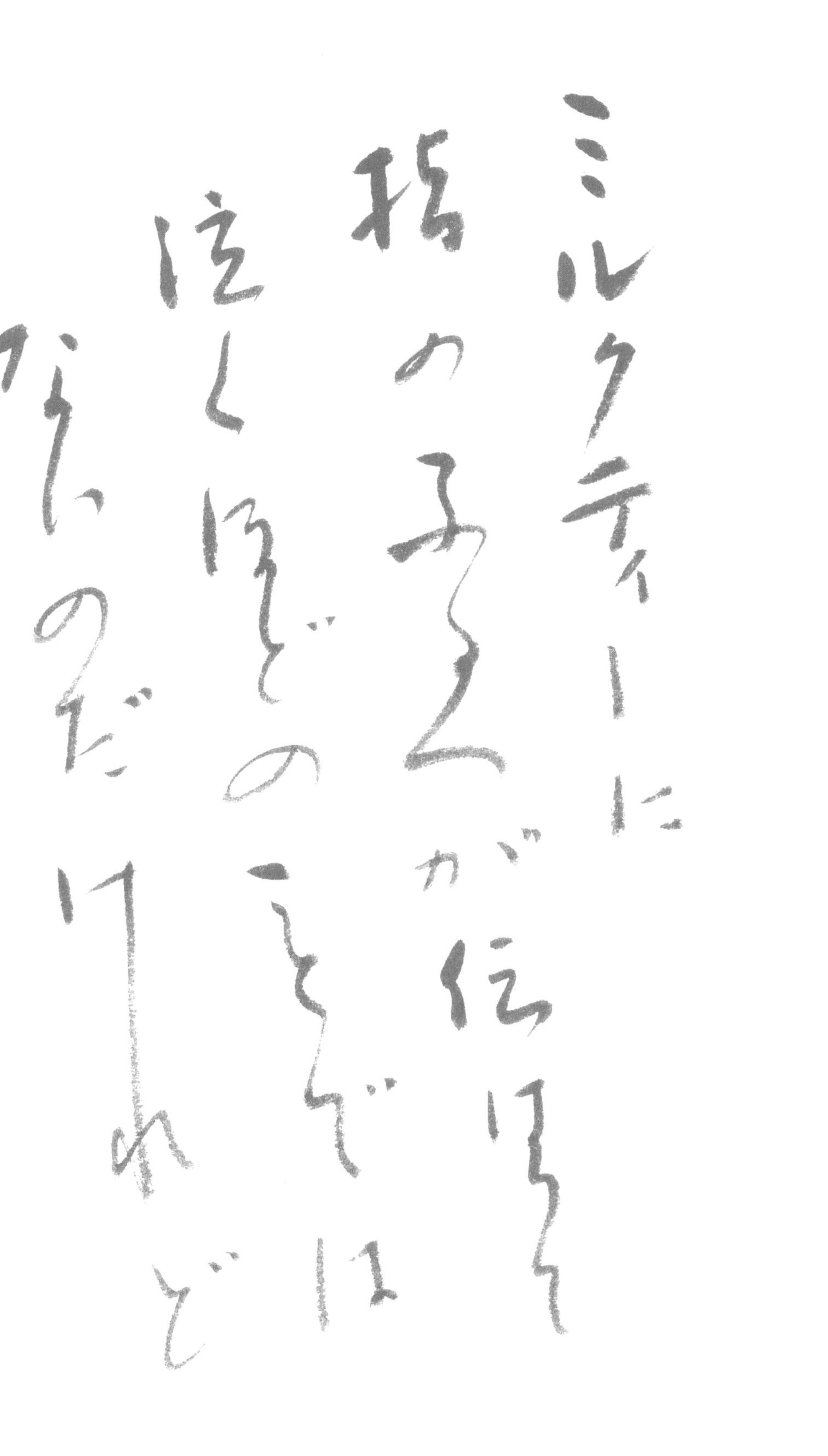
ミルクティーに
指の子が伝って
泣くほどのことでは
ないのだけれど

何となくわれの気配に似るといふ
牡丹の文様青磁の茶碗

骨董に詳しい人と骨董店にはじめて入った。

目立たぬ隅の方に青い色の茶碗が置いてあった。ふわふわと楽しい牡丹の文様が内側に彫られている。

よくよく眺めていると、その人から「その茶碗は何となくあなたの雰囲気があるね」と言われた。うれしくもあり恥ずかしくもあって私は頬がポッと熱くなった。その茶碗を見たとたん私はひきつけられたし、そんなふうに言われたこともあって思わず買ってしまった。

その日からやってきた私のささやかな喜びの時間。

何となく
われの気配に
似るとしる
牡丹の文様
青磁の茶碗

頬にのこる涙のすぢのつめたさよ
諍ひをして帰る雨の夜

恋人同士の言い争いはつまるところ意地の張り合い。

おたがい自分のわがままを相手に受け入れさせて愛情を確かめるということか。

私の場合、いつも理屈で負けてしまう。勝つ見込みのない悔しい戦い。でもその戦いのほとんどは、じつは私が仕掛けるもの。

頬にのる
涙のすぢの
あたたかさよ
諍ひをして帰る
雨の夜

しん〳〵と愁ひつのれるわれの身に
一層苦しき恋おとづるゝ

目が合った瞬間、二人の中で何かが弾けた。

（ひょっとして恋？）

私は今、恋のできる心身の状態ではないはずなのに…。

鬱々としていても逢いたい。逢いたいと言われればもっと逢いたい。つのってゆく思いに、いつの間にか私は潰されそうになっている。

しんしんと
愁ひつのれる
われの身に
一層苦しき
恋おとづるゝ

あかときをしづかに流れゆく水の
その眼差しをおもひかなしむ

ふり返りふり返り遠ざかってゆく人を、私はいつまでもいつまでも見送っている。

そんな夢をよく見る。夢の中の「私」は『万葉集』の中の伊勢の斎宮である姉の大伯皇女、去っていくのは弟の大津皇子のようだ。

弟を思う大伯皇女のあの切なく悲しい歌がいつも私の心にあるからかもしれない。

夢から醒めても、私は大伯皇女になった「私」から醒めないときがある。

あかときを

しづかに流れゆく

水の

その眼差しを

おもひかえしむ

うす衣(ぎぬ)ももみぢの色に染まりたり
いづ方までも手をひかれつゝ

十一月のおわりごろだった。とある大きな庭園に紅葉のライトアップが始まるのを、あの人から一緒に観に行こうと誘われた。

　ライトアップされた庭は幻想的だった。私たちのそばに拡がる深い闇、見上げれば燃えるような紅葉が重なり合う。その下には紅葉の映る池、暗くて水面の場所さえ定かでない。紅葉の影は深くて冥(くら)い世界へと沈んでゆくよう…。

　私たちはどこにいるのだろう。時間も空間も肉体までも消えてしまうような感覚。あの人と見たあの夜の紅葉は怖ろしいほどに美しかった。

うす衣も
もみぢの色に
染まりたり
いづ方までも
手をひかれつゝ

すべて断ち旅立たむとするあの人へ
せめて今宵の雨捧げたし

想いを通(かよ)わせ合った人の命があと少しだという報せを受けた。

すぐに駆けつけようと思ったが、その人は私には逢わないと言ったそうだ。逢えばこの世に未練が残る、だから逢わずに旅立つと。

そのときは少なからず恨んだが、そんな別れもよかったのだと、この齢(とし)になって思うようになった。

もう昔のことだが、今から思うと私はその人のそのようなところに惹かれていたのだろう。

すべて断ち
旅立たむとす
あの人へあて
今宵の雨
捧げたし

とりとめのなきことばかりをおもひをり
どこまでも――雨の夜

雨の夜の中に私は何を探している
のだろう？
ずっとずっと昔、雨の夜に
あの人と交わした約束…、
果たせなかった哀しい約束…。

とりとめの
なきごとばかりを
おもひをり
どこぞいし

雨の夜

逝ってしまって、もう逢えないと思っていたあなたが私の眼の前で笑っている。

　私たちは、いつしか満開の桜の森が見えるあなたの部屋にいた。

「ごめんなさい。あのときは、あなたをひどく傷つけてしまって…」と私が話しはじめる。するとあなたは私の前から突然ふっと消えてしまった。

「どこへ行ってしまったの？」

　あちこちさがしているうちに私は夢から醒める。

如何にしてもわするゝことのできぬゆゑ
いよゝかなしき明けのゆめかな

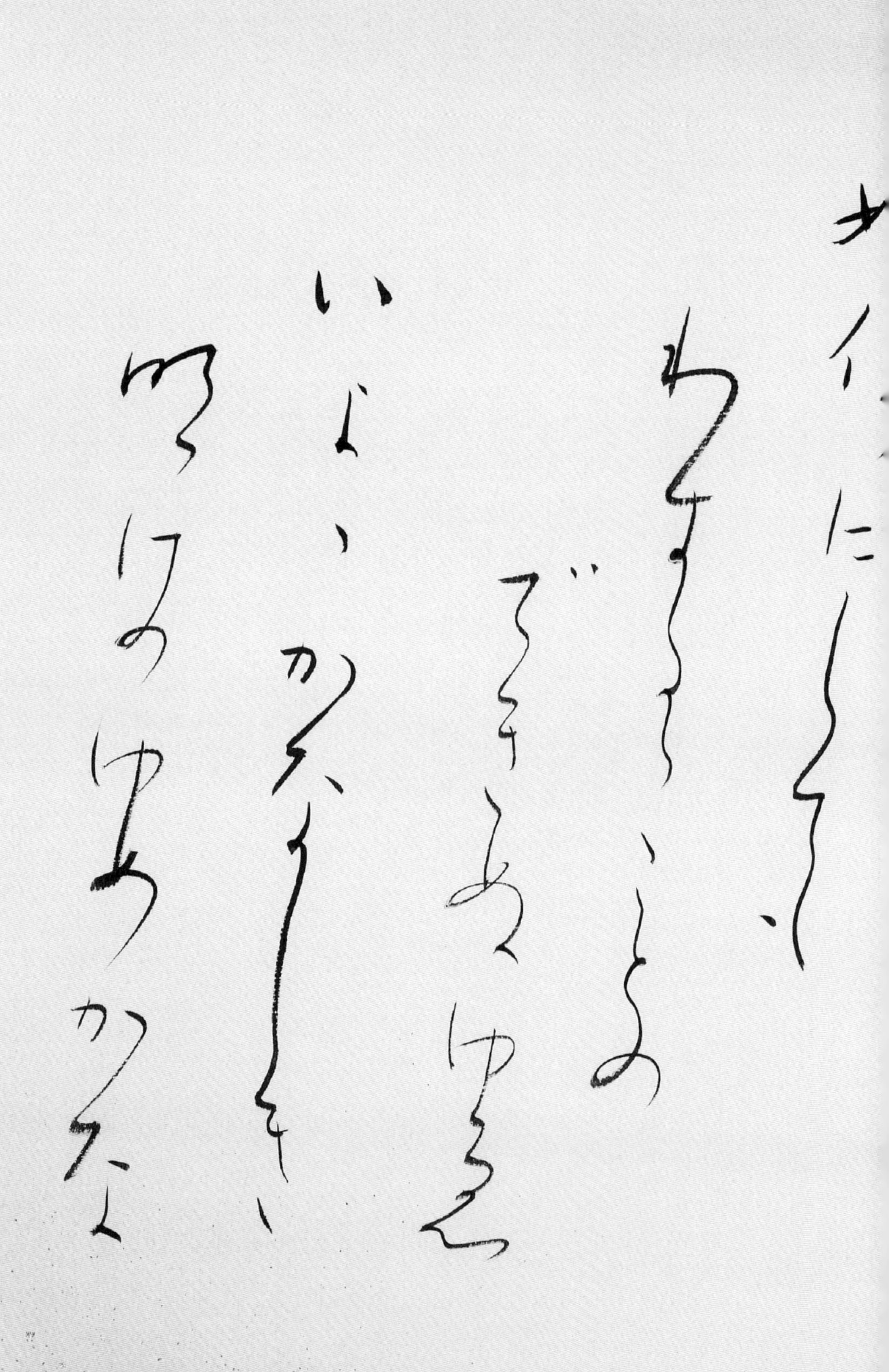

生

shou

水差せば石紋すゞしくあらはるゝ
古き硯と語らふ夜なり

私はあるとき硯の向こうにまぼろしを見た。

千年前の中国の詩人、蘇軾が「書」を書いている姿を。

近づこうとするとはね飛ばされそうな迫力だ。肩ごしに覗きこむ。書いているのはたしかに文字だったが、黒くうねる生き物のようにも見えた。それは文字の形をした蘇軾の魂のようであった。

水差せば
石紋すじし
あらはるゝ
古き硯を
詠みし
彦太郎

ぬばたまの夜の肌（はだへ）をさぐりつゝ
もの書きてゐる　をみなたるべし

私の最初の歌集『うゐ』の中には夜の歌が多いという。

　自分では意識していなかったのだけれど…、夜の歌を数えてくださった方がいた。

　たしかに、私の歌づくりには夜の色や深さの感触がとても重要。夜という存在がなければ私は歌が作れない。

　たとえ眠っていても、眠りの中で私は夜を見ている。

ぬばたまの
夜の肌を
さぐりつゝ
わ書きてみる
まくなたるべし

闇にゐてさらに闇へと入りゆかむ
異(あや)しき花の待ちをれば　なほ

いくらあがいても闇の中から出ることができない。

そんなときは、いっそのことさらに暗い闇の奥へ奥へと向かってみよう。怖気づいていてもしかたがない。潔く行くべし。七転八倒の苦しみだって生きているからこそ味わえるのだから。そう考えるとなんだか勇気が湧いてくる。

「大丈夫。頑張れ！　私」

闇にみて
さらに闇へと
入りゆかむ
黒しき花の
待てるれば
なりは

生くることその執着の中にをり
墨置く紙の白く見ゆるも

以前、物を捨てることが流行った時期があった。

それに対して、ある人がテレビで「僕は自分の物は絶対に捨てない。なぜならそれは僕自身だから」と反論していた。

もっともなことだと思った。何気なく私の部屋を見回すと棚という棚には物が積まれ、足の踏み場のないくらい床にも物があった。

これが私自身？

生くことと
その執着の
中にそう
墨黒し
紙の白し
見ゆくし

わが影のひと形をして照る月の
下に棲みゐるものとしならむ

月夜の晩、得体のしれないものの影があちらこちらでうごめいていた。

私だってそのとき人間の形をしていたけれど人間ではなかったような気がする。

小さいころ、住んでいたところが相当な田舎だったので、おそろしげだったけれどもそんな不思議な体験をよくしたものだ。

わが影の
ひと形をして
暁月の下に
棲みゐる
よし

たかし

宝箱にそと仕舞ひたる瑕もつ玉の
時折出だして撫でいとほしむ

私は宝箱にこっそり私自身を隠している。

うれしいことがあった日は、ためらわずに開けて「私」を掌にとってみる。嫌なことがあった日は少しだけ開けて「私」を確かめてみる。

そんなことをずっと繰り返していたものだから宝箱はもうぼろぼろ。でも「私」はまだその中に入っている。「私」は玉のように美しいものではないけれど。

宝箱に
そっと仕舞ひたる
瑕もつ玉の
時折出だして
撫でいとほしむ

性(さが)それも生きの証しぞ　在りし日の
父は語れりそのたふとさよ

父は生前、悩んでいる私に「悩むのもまた人生、でもあんまり思いつめるなよ。まあ、ほどほどに生きろ」と言った。

ほどほどに…、だなんて…。そのときは少し無責任だなと思ったが、今ふりかえると私はことあるごとにこの父の言葉に救われてきたような気がする。

性きれし
生きの証しぞ
ありし日の
父は語れり
きのたきのときよ

掌の中にいまだ命の尽きぬ色
湛へゐるなり　落椿かな

大切な友人が卵巣癌で逝ってしまった。

あの日から私の胸には虚ろな穴が開いたままだ。死は自然の摂理、早死は自分の運命だからといって潔く逝った彼女。この世に残していく気がかりなことはたくさんあったと思うのに…。

掌の中に
いまだ命の尽きぬ
色
湛へゐたり
落椿かな

ふかく〱眠りゆくとも閉ぢぬ眼の
まぢかに碧き空映しゐむ

碧空（あおぞら）がとても懐かしくて恋しい。
百年後、千年後、私のからだが
土や水の粒子のようないかなるも
のに変化しようとも、その眸（ひとみ）は閉
じることなくあの碧い空を映し続
けているはずだ。

ふかくし
眠りゆくし
閉ぢる眼の
しづかに
碧き空映し
みち

身のうちを深〻とあるかなしみの
盡くさるゝべき澄みわたるまで

「白鳥（しらとり）はかなしからずや…」と詠んだ若山牧水は、「人間の心にはとりさることのできない寂寥が棲んでいる」と言った。

　さびしさやかなしさとは何なのか。私もそれらにとりつかれてひどく苦しんでいたときがあった。牧水のように酒ではなく私は毎日薬を飲んで過ごした。

　何年かの後、私はようやくそこから解放された。生きている以上苦しみから逃れるすべはないことに気づいた、今思えばそういうことだったのかもしれない。

身のうさを
深くとある
かくしての
ゆくさしづか
澄みわたるでし

摩訶般若波羅蜜多心経

観自在菩薩行深般若波羅蜜多時照見
五蘊皆空度一切苦厄舎利子色不異空空
不異色色即是空空即是色受想行識亦復
如是舎利子是諸法空相不生不滅不垢不浄
不増不減是故空中無色無受想行識無眼
耳鼻舌身意無色聲香味觸法無眼界乃至
無意識界無無明亦無無明盡乃至無老死
亦無老死盡無苦集滅道無智亦無得以

無所得故 菩提薩埵依般若波羅蜜多故
心無罣礙無罣礙故無有恐怖遠離一切顛
倒夢想究竟涅槃三世諸佛依般若波羅蜜
多故得阿耨多羅三藐三菩提故知般若波
羅蜜多是大神咒是大明咒是無上咒是無
等等咒能除一切苦真實不虚故説般若
波羅蜜多咒即説咒曰 掲諦掲諦波羅
掲諦 波羅僧掲諦 菩提薩婆訶
般若心経 合掌

いつも〳〵泣きては抱きし吾子（あこ）たりしが
鬚の男になりてしまへり

子を産み育てたこと、あれはまぼろしだったのだろうか。

　時の流れはあまりにも早すぎる。もしかしたら時にも油断というものがあるのかもしれない。

　愚かな私はわが子の幼かったころの面影をいまだにひきずっている。

いついく
泣きては抱きし
吾子たりしが
髭の男に
なりてしまえり

風なげば春のしづけさまさりくる
母の住みゐるふるさとの家

年月とは過ぎてからはじめて実感するもののようだ。

私の生まれ育った田舎の家は四季の風情を日々に感じる大きな家である。今は母がひとりで家を守っている。

その昔、父母がいて、弟妹がいて、祖父母がいて、曽祖母がいた大家族の中での時間。私は反抗ばかりして過ごした。かぎられた時間をもっと大切に過ごすべきだった。悔いばかりがのこる。

風なげば
春のしづけさ
まさりくる
母の住みゐる
ふるさとの家

ひともとの大き欅を日々仰ぎ
母との夏を惜しみ過ごさむ

親不孝ばかりしてきた。納得のゆく親孝行をするためには、母にはとりあえず百歳までは生きてもらわなければ困る、などと身勝手なことを思っている私。

わが家の中に流れる時間を支配しているのは、家の東側にあって何百年もそよいでいる欅なのではないかという気がしている。

ひともとの
大き欅を仰ぎ、
母との夏を
惜しみつ
過ごさじ

達筆なれど筆無精たりし亡き父の
孫宛ての葉書を見つけたる　うれし

父が小学生のころは、来る日も来る日も軍事訓練だったそうだ。だから習字などには全く縁がなかったという。それが原因だったのかどうかはわからないが、父が必要なもの以外文字を書いている姿はほとんど見たことがなかった。

でも父の書く字は、なかなかの達筆。私は葉書一枚もらったことはなかったが、先日、古い郵便物を整理していたら幼かった私の息子に宛てた葉書が一枚出てきた。

葉書を書いている父の姿が目に浮かんだ。

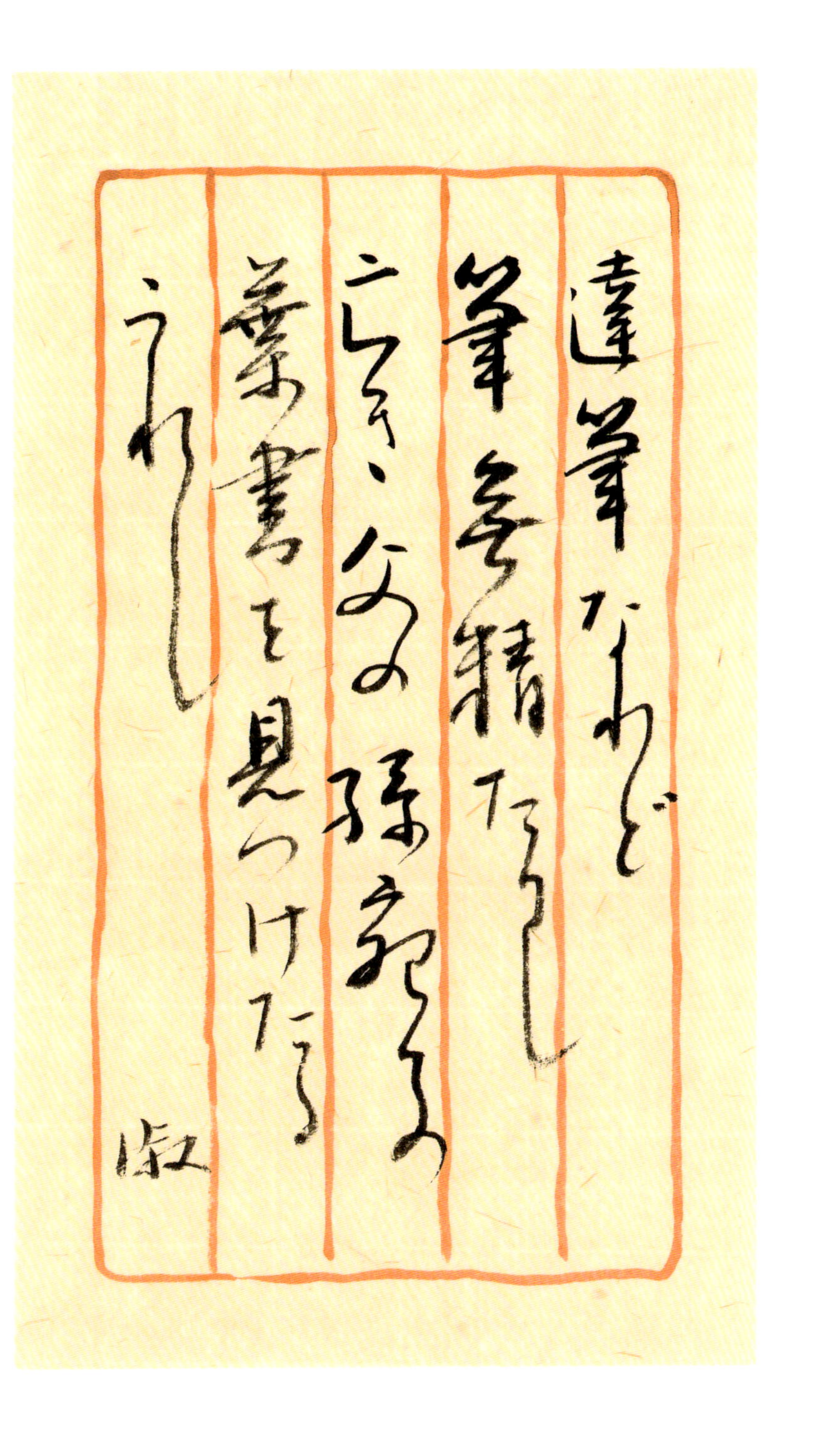

達筆なれど
筆不精なりし
亡き父の孫宛ての
葉書を見つけたる
うれし

叔

わが亡父(ちち)の丈高く編みし花籠に
けふ曼珠沙華を挿してみやうか

父が生前、唯一の趣味としていた竹籠編み。その花籠が形見として私のところに三つある。それぞれに違った編み方と形で趣き深い。

ずい分と昔になるが、父にどんな花が好きかとたずねたことがある。

「紅い花がいいね」

もの静かな父にしては情熱的なこたえが返ってきた。

今、紅い花を見るとそのことを懐かしく思い出す。

わが亡父の
あうし偏愛し
花籠にて
曼珠沙華を
挿してみやうか

己が立つそこが真(しん)とぞ　みづからの
今立つところ踏みしめてをり

「随処に主と作(な)れば立つ処皆真なり」臨済宗開祖・義玄禅師の言葉。
私はこの文言がとても好きです。

巨が立つ
そこが真とうじ
みづからの
今立つところ
踏みしめてそこ

うつし世をともに在りたるもろもろの生のえにしをいとほしむなり

うつせをきにちろたて
あろすろの生のえにしと
いとほしむたろう

# あとがき

書と自詠の短歌、そしてエッセイ。あるときある方から「そんな本を作っては」と言われ、私はその発想が気に入ってすぐに挑戦しました。

出版に漕ぎ着けるまではとても辛かったのですが、今までにない充実した日々でした。もう少し時が流れて人生を振り返ることができたら、私はきっと「あのときは永遠を生きていた」と思うに違いありません。

この数年、私は体調がすぐれず病院通いを続けています。そんな中での書歌集の執筆、たいへんでした。でも、その苦しい作業は私にとって救いになっていたように思います。

当初は数か月で書きあげることができると考えていましたが、それは甘すぎる予測でした。納得がいくものになるまで一年以上かかってしまいました。その間、私は毎日墨を磨り、書いては反古にして、そしてまた書き続けました。それは永劫の繰り返しのようにも思われました。

この本を作るにあたって出版社「目の眼」の井藤さん、装幀をしてくださったデザイナーの羽原恵子さん、尾形真由子さんにはたいへんお世話になりました。

「目の眼」と羽原さん、尾形さんとの出会いは偶然でした。あるとき「目の眼」から出版されたとても素敵な装幀の本と出会ったのです。そしてこんな感じの本ができたらいいなと思い「目の眼」へ電話をしてお二人を紹介していただいたのでした。偶然が縁になってできた私の書歌集。私はこの本にかかわってくださった方々に感謝しつつ、今あらためて人の縁のありがたさを思っています。

最後に、この書歌集を手にとってくださるみなさまに感謝いたします。

心に感じていただけるものが少しでもあれば嬉しいのですが…、今、期待と不安が入りまじった気持ちでいます。

平成二十七年　夏

髙橋　淑子

著者略歴

一九六〇年　大分県生まれ
歌集『うゐ』（二〇〇五年　ながらみ書房）
歌集『緑塵』（二〇一〇年　ながらみ書房）
一九九九年より「書」の個展をはじめる
雅号　淑香

---

書歌集　うつし世をともに在りたるもろもろへ

発行日　二〇一五年十一月十一日

著　者　高橋淑子
〒241-0801　横浜市旭区若葉台二－一九－一二〇七

定　価　本体三五〇〇円＋税

発行者　井藤丈英

発行所　株式会社 目の眼
〒106-0045　東京都港区麻布十番二－五－一三 丸井ビル四階
電　話　〇三－六七二一－一一五二
ＦＡＸ　〇三－六七二一－一一五三

印刷製本　昭栄印刷 株式会社

デザイン　羽原恵子＋尾形真由子（ウルトラノイ）



ISBN978-4-907211-06-6
C0092　￥3500E